Tema: Mi barrio   **Subtema:** Afuera de mi casa

Notas para padres y maestros:

Los libros que lee su hijo en este nivel tendrán un argumento más sólido y aspectos que promueven el intercambio de ideas. En este nivel, haga que los niños practiquen la lectura con más fluidez. Túrnese para leer las páginas con sus niños y mostrarles cómo suena cuando se lee con fluidez.

RECUERDE: ¡LOS ELOGIOS SON GRANDES MOTIVADORES!
Ejemplos de elogios para lectores principiantes:
• Me encanta cómo leíste esa frase, sonó como si estuvieras hablando.
• ¡Qué bien! Leíste esa frase como una pregunta.
• ¡GUAU! ¡Leíste esa página con un tono perfecto.

¡Ayudas para el lector!

Estos son algunos recordatorios para antes de leer el texto:
• Usa tus ojos para seguir las palabras en vez de señalar cada una.
• Lee con fluidez y entonación. Lee como si estuvieras hablando.
  Vuelve a leer secciones del libro hasta que logres leer con fluidez.
• Busca en el libro ilustraciones y palabras interesantes.

Palabras que debes conocer antes de empezar

baloncesto

garaje

joyas

mesa

oro

patineta

patines

tesoros

LA CAZA DEL TESORO

De Carolyn Kisloski

Ilustrado por
Srimalie Bassani

Rourke
Educational Media
rourkeeducationalmedia.com

¿Qué hay en la mesa?

¡Un mapa del tesoro! ¿De dónde salió este mapa?

Sigámoslo. Tal vez encuentre algunos tesoros.

Podría ser oro. Tal vez sean joyas.

Comienza en el garaje.

Veo el auto de papá, pero ¿dónde está papá?

El mapa va más allá
de la casa de Dana.

10

Veo la patineta de Dana,
pero ¿dónde está Dana?

11

Ahora tengo que rodear el patio de Luke.

Veo la bicicleta de Luke,
pero ¿dónde está Luke?

Tengo que cruzar el jardín de David.
—Hola, señora Hudson. ¿Puedo pasar?

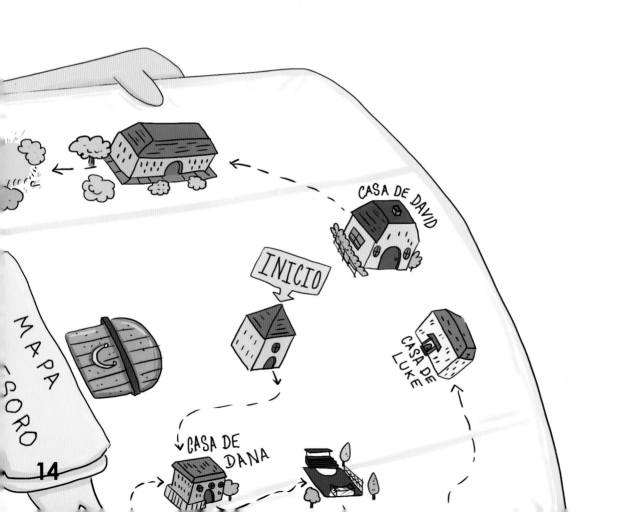

Veo los patines de David,
pero ¿dónde está David?

Tengo que atravesar el camino de entrada de Mike.

Veo la pelota de baloncesto de Mike,
pero ¿dónde está Mike?

Veo la casa del abuelo al final del mapa,
pero, ¿dónde está el abuelo?

Miraré adentro. No hay nadie.
Revisaré el jardín.

¡Ah! Ahí están mi familia y mis amigos.
¡Miren! ¡Un cofre del tesoro lleno de regalos!

Encontré el tesoro.
—¡Sorpresa! Feliz cumpleaños.

 # Ayudas para el lector

Sé...

1. ¿Qué había sobre la mesa?

2. ¿Qué encontró el niño en el garaje?
   ¿Quién no estaba allá?

3. ¿Qué encontró el niño en la casa
   de su abuelo?

Pienso...

1. ¿Alguna vez has encontrado un cofre
   del tesoro?

2. ¿Alguna vez has tenido una fiesta
   de cumpleaños de sorpresa?

3. ¿Cuál fue tu regalo de cumpleaños favorito?

 # Ayudas para el lector

¿Qué pasó en este libro?
Mira cada imagen y di qué estaba pasando.

Sobre la autora

Carolyn Kisloski ha sido maestra toda su vida y actualmente enseña en el kínder de la escuela primaria Apalachin, en Apalachin, NY. Está casada y tiene tres hijos. Le gusta pasar tiempo en la playa y en el lago, jugar y estar con su familia. Carolyn vive actualmente en Endicott, NY.

Sobre la ilustradora

Desde que Srimalie era niña, su madre le inculcó la pasión por el dibujo y la pintura, y siempre fomentó su expresión artística. Su obra está llena de sorpresas. Es difícil sacarla de su escritorio, donde mantiene una pila de libros, páginas, tazas de té de muchos colores y también entretiene a su gata gorda.

Library of Congress PCN Data

La caza del tesoro / Carolyn Kisloski

ISBN 978-1-64156-046-7 (soft cover - spanish)
ISBN 978-1-64156-121-1 (e-Book - spanish)
ISBN 978-1-68342-739-1 (hard cover - english)(alk.paper)
ISBN 978-1-68342-791-9 (soft cover - english)
ISBN 978-1-68342-843-5 (e-Book - english)
Library of Congress Control Number: 2017935454

Rourke Educational Media
Printed in China, Printplus Limited, Guangdong Province

Editado por: Debra Ankiel
Dirección de arte y plantilla por: Rhea Magaro-Wallace
Ilustraciones de tapa e interiores por: Srimalie Bassani
Traducción: Santiago Ochoa
Edición en español: Base Tres